# HERTA MÜLLER

## DIE BLASSEN HERREN MIT DEN MOKKATASSEN

CARL HANSER VERLAG

am kleinen Strand DA kamen wieder
die feinen Mitglieder zusammen der
Hauptvorsteher der Fremdgeher und
dessen sogenannte Tante der langnasige
Schlafgestörte der
angsthasige Taxifahrer der
unerhörte Pelzprobierer der
weiß beschuhte Flötenspieler der
ausgeruhte Rheumadoktor der
Zoovertreter und etwas später
zwei Soldaten die jeden MONTAG
Urlaub hatten als man SIE
beim Essen zählte fehlte einer
die zu klein gekaufte Hose LAG
dort auf der Bank ihr Herr war
ein Verandaschreiner kann sein
daß er ertrank

der eine Nachbar starb zweimal im Bett im Januar
am selben Tag sogar in diesem und im nächsten
Jahr der andere saß mit seinem Schachbrett
vorm Haus zog die Quastenmütze und die Zeit
groß raus lachte verwirrt damit das Wetter besser
wird ich wiederum hielt eh nicht viel schier weniger
als ihr von mir so derart jung zog nur den
Vorhang an und lief durchs Fenster zur Beerdigung
zur Begleitmusik mußte ich weinen dem einen
Kantor tropfte meine Nase auf den Schuh bis
es ihm zuwider war da riß er eins der Grablieder
aus seinem Notenbuch gab es mir als Taschentuch
und sagte wenns TROCKEN ist krieg ich es wieder
ist das klar

Mutter wurde eine Nessel
Vater wurde eine Pappel
stattdessen sagte einer
mir beim Abendessen
alle Liebe wird uns mal zur Klette
weiß ich was er wurde
und wie ich mich verpacke
aber ich wäre gern der Schaum
am Lippenstück der Klarinette
das dämmerige Geld der Diebe
oder das magere Gebell der Hunde
gegen das Rippenmuster einer Jacke

zur Mittagsstunde kam dieser Kunde mit dem
schweren holzkahlen Kopf setzte sich locker vorn
auf den Hocker und sagte Herr'n Klenk er
solle ihn scheren er wolle die volle Rechnung
bezahlen und dann zu einer Hochzeit
FAHREN
Herr Klenk sagte wir sind uns im Klaren
begann hinter dem Mann mit zehn krummen
Fingern durchs Leere zu fahren und mit
dem Mund wie ein Werkzeug zu brummen

die ESCHE kenn ich die den Tagrand und die GEHTASCHE die zwei RÄDER hat kenne auch im runden Blick das Bleibquadrat wenn niemand schaut dann tauschen wir Hals über Kopf die Haut

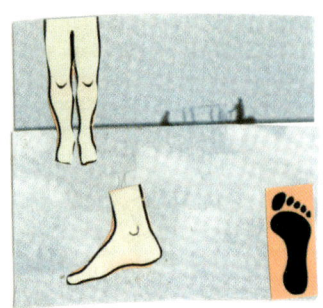

wenn einer FRAGT dann habe ich eine Anschauung dabei und zu Hause noch mal zwei in mir schlafen die Fliegen ich kann AUCH HEIMWEH kriegen die HERZSCHEISSE dies weiße Pochen wie Jasmin ICH fahre diesmal nicht dorthin DENN auf dem Ausflugsdampfer saß ich das vorigemal bei einem späten Vizeadmiral natürlich kamen wir ins Reden er fragte mich OB ich für DEN Frieden bin ja sagte ICH auf jeden Fall aber nicht für jeden er blinzelte er lachte leise etwas mehr ALS teilweise

wenn feine Leute meine Mutter ins Gesicht
fragen wie kann man diese Haartracht aufgetürmt
WIE eine halb verpelzte Nähmaschine tragen
muß ich mich schämen aber SIE sagt
die kämen doch im Grunde schier aus dem
Nichts wie Sägemehl und Streunhunde
und wir

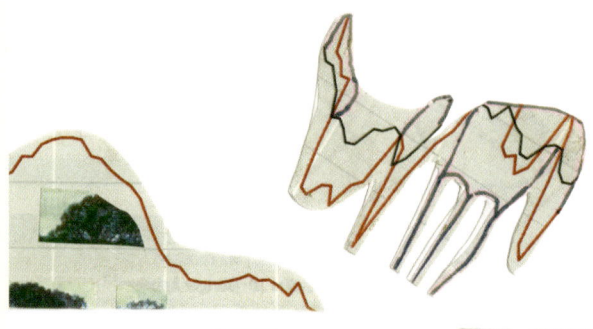

Zum Glück gibt es den Esel er heißt Atem Klette Kati MARTIN Zettel Constantin Flucht und Sophie hat im Genick die Ich verteilmaschinerie im Zahn den weißen Orientierungsplan und GRÜN in jedem Knie ein NÄHETUI im BAUCH ein Nachtkastl UND darin LIEGT das ECHO vom Nachlassen DER Straßen dieses wiegt beim Anfassen an die zwanzig Kilo

Mamas Schlangenkringelzopf
Papas Seifenblasenkropf.
ich stopf das Sofa aus mit Gras
ums Haus herum ein Vakuum
alle Bahnschranken gepaart
alle Brombeeren behaart
alle Äpfel glänzen kahl
und ich spiegle mich noch mal
in den Eisaugen der Ziege

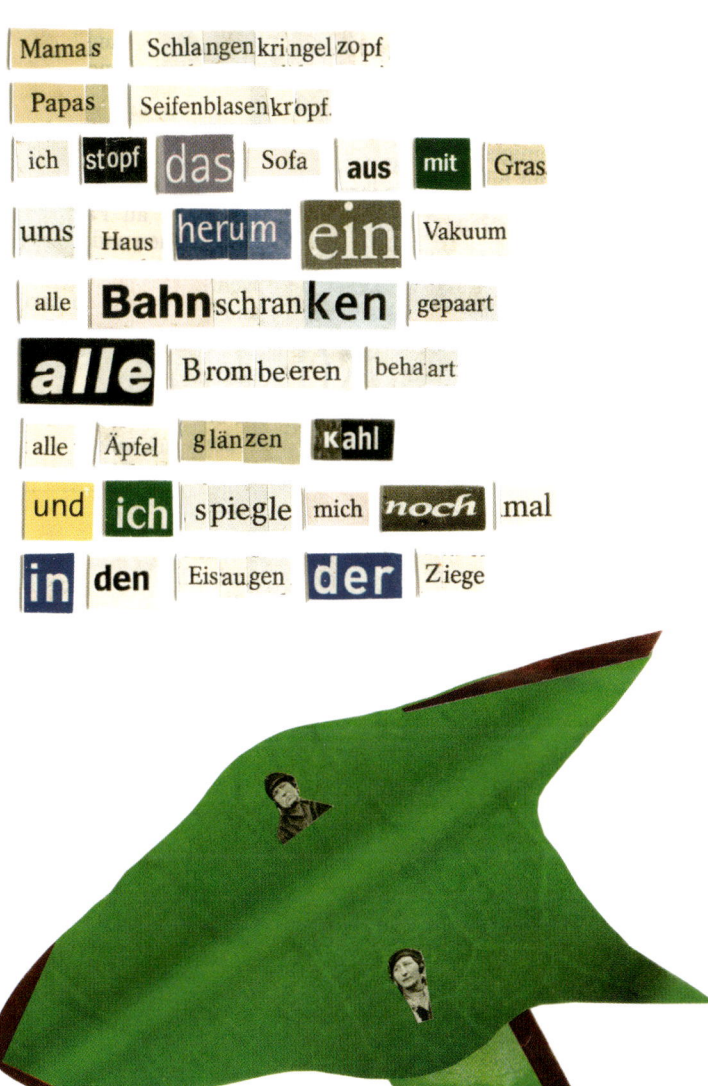

als ich den Abendzug verpasste sagte ich zum Bahnchef ICH werd mich eine Weile auf die Bank legen er sagte meinetwegen und inspizierte an der Schranke die geölten Teile seine Handgelenke glichen den Vorderfüßen großer Hunde die an den Wassertürmen abbiegen weil sie vom Schatten Angst kriegen er wollte wissen ob ich an den Bruder im Gefängnis denke ICH fragte kennst du den er sagte zufällig es war nicht vorgesehen

stand ich so am Sommerrand kam ein aufgeräumter Mann hatte kreideweiße Schuhe dunkelblaue Hose an frag ich kann ich mitfahren und mein Koffer war kariert pfiff der Mann ein Möwenlied Mensch wie grün die Pappeln waren hab kein Zugriff auf das Wasser und woher ein Schiff sagt er zupft an seiner blauen Hose und ich sage macht JA nichts Hauptsache Sie sind Matrose

Mutter wohnt dort
wo die Fähren verkehren
im Sommerbrief schreibt sie
du warst lang nicht hier
und der Himmel läuft fort
wie seidige Hunde
komm ich zu ihr
wirft sie nach mir
mit dem Stock
treibt eine Möwe über die Brücke
eine mit Tasche und Rock

DIE Sonne trägt ihren Hahnenkamm mit einem weißen Schimmer vom Wasserschaum und im heißen Zimmer hinterm Hafendamm hält Gregors nackte Schwester auf dem Sofa Siesta IN DER Kanzlei jedoch übt Gregor auf der Tuba immer noch den TANGO für sein Blasorchester und der Bademeister schaut vorbei und sagt DAS tönt geschmeidig bloß so wehleidig wie am Gaumen Gänsehaut er kaut Haselnüsse und zählt an seinen Waden die roten Gelsenbisse

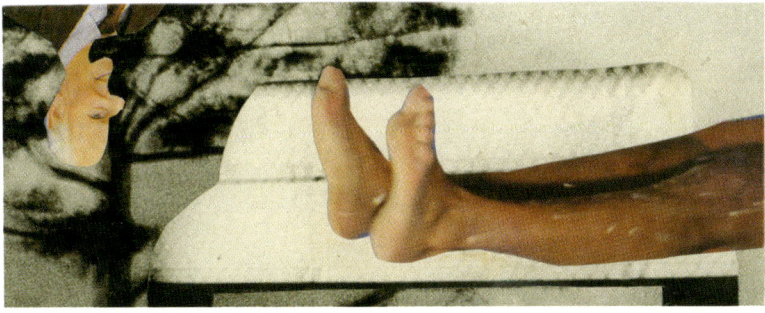

Frau Osang steigt zweimal
die Woche in meinen
Kleiderschrank weil Sie mit
dem dreier Bus zu ihrer
Schwester fahren muss nach
17 Minuten taucht sie
wieder auf zeigt ihre
blauen Zehn wiegt sich
schräg will nichts wie weg
und sitzt bei mir und
raucht und später sitzt
mein Nachbar hier der riecht nach siebenerlei Staub
und sagt ich glaub sie zwängt sich auch in meinen
Schrank und bleibt viel länger als man denkt weil sie
per Schiff über den Fluss zu ihrem Bruder fahren
muss ich schau ihn an wie ein Fasan in der Natur
der Sache lache ich und fürchte mich und habe
das Problem dass ich nicht weiß vor wem

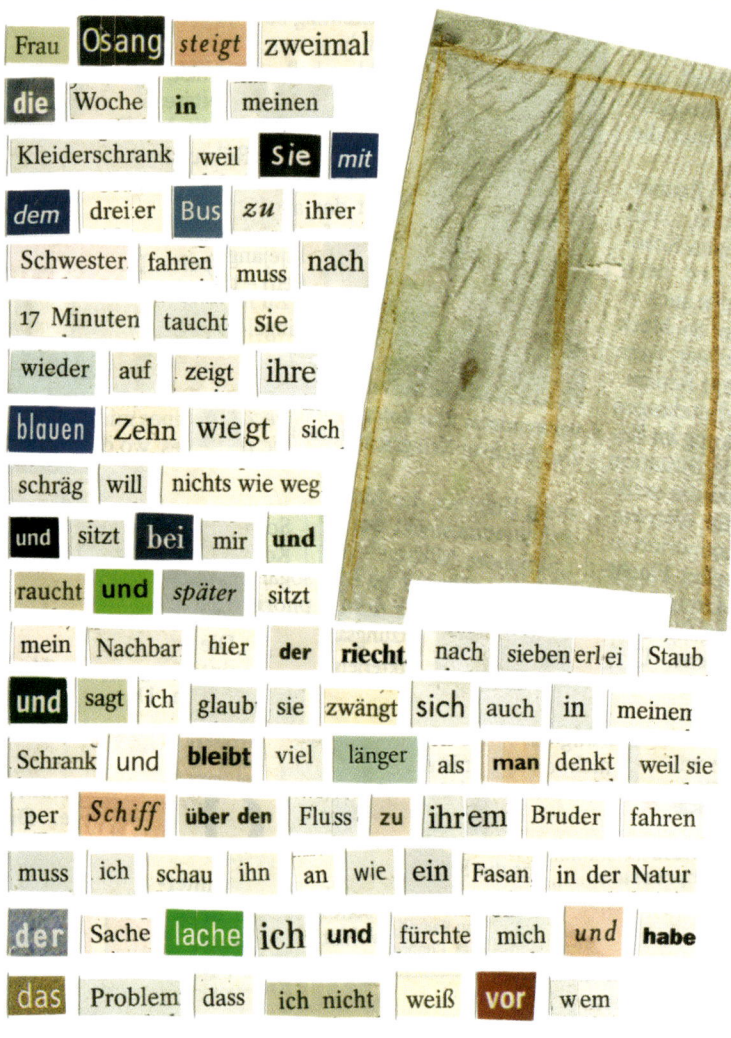

das dümmste ist seit Stunden läuft DAS Gras in meinem neuen Kleid HERUM und ich sitze auf DER Betonbank eine von fünf vor dem Frisiersalon die erste ist töricht die zweite großäugig DIE DRITTE hinterlistig die vierte und die fünfte das bin ich denn unter mir steht eine Pfütze ich SEH mich drin und muss Grimassen schneiden sonst KANN eine DER beiden DIE ich bin die Fellmütze vom KOPF der anderen von dem toten Vogel in der Pfütze gar nicht unterscheiden

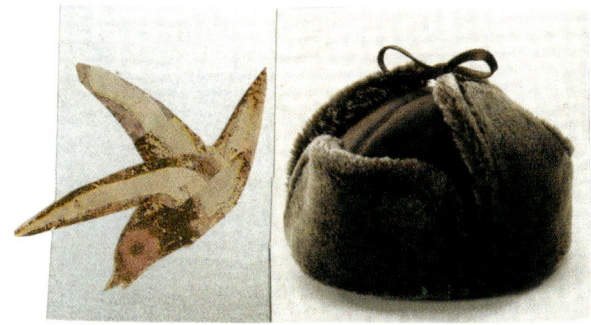

ICH und *mein* zweiter Mitarbeiter hatten die Arbeit satt wir gingen IN DER kleinen Vorstadt aus im elften Haus wohnte DER Berater DIE Tochter übte um den Herd Ballett und DER Vater kochte den Schrank DER vorher komplett leer in der Veranda stand wenn s dich nicht stört sagte MEIN Mitarbeiter geh ich kurz rein aber ich sagte nein Lindenholz sagte er gleich ist doch in einer Viertelstunde WEICH ich sagte Mensch es dauert länger ich kenne das von DEINEM Vorgänger ich warte anderswo und Pfeife dreimal als Signal DA sagte er OHO – das ist ein Risiko

in einer Knorpeltasse
bot er mir
einen KAFFEE AN und der
war SCHWARZES Haar
der Zuckerwürfel weißer Zahn
na klar .fing ich zu rühren an
er sagte RÜHR nicht falsch herum
du wirfst den ganzen Sommer um

Mutter sagt DAS Dumme ist du bist noch jung – und hast schon EINEN faulen Zahn ZIEH mal dein Seidencrêpekleid an bevor ER bricht geh schau mal ins beleuchtete Café

dort IST ein anderes Publikum dem nicht der ATEM schwer in jede Windrichtung nach Bergteer riecht ein Ingenieur wär eine gute Abwechslung

die Hafenstadt hat den geschäumten Wasserbauch
den Himmel aus Melonenfleisch den Landweg
für das Nebengleis ein Stellwerk und kein Gegengleis
ein Mund voll Wind ein Buckel Mais
geschlossen hoch geschossen grün
ich fragte ihn warum mußt ausgerechnet du
zu diesen Kreidemöwen ziehn und sah
ihm schief beim Packen zu

sag mal fragt einer spricht man bei euch
am Tisch Fasanisch gewiss sag ICH erst
gestochen dann gebrochen man fährt auch
mit dem weißen LIFT im Zahn man mischt
das Mehl man drischt das Gras und
klebt DEM letzten Hund das Fell mein
Naturell war mal ein weißer Besenreiser
und wußte wie man mit der Fliege
auf der Nase lacht mit dem Bauch in einen
Nagel tritt und keine Flecken macht

doch DER Grenzer hatte Augen wie zwei schief halbierte Kirschen und hüfthoch einen schwarzen Hund und wie ein Stückchen VON DER Kerze eine kalte Zigarette links im MUND

*da* kam ein Mann mit einem GOLDENEN
Zahn er fragte mich was ist ein
Parallelogramm da sagte ICH weiß ich
doch nicht da sagte er macht nichts Madame
ICH kenne zwei die es als Kleinkram bei
sich tragen aber auch als Schuheinlagen an
besonders kalten Tagen da sagte ich wenn
Sie DAS meinen kenn ich den einen
*auch* persönlich
den anderen
VOM Hörensagen
das reicht mir schon
ganz ordentlich
fürs Unbehagen

als ich dort ankam gingen alle FORT die dicken gingen LIEDER singen und die dünnen Seilspringen jeder der länger als 1 Meter 72 war stieg auf den roten Anhänger DER Innenhof war LEER DA kam der Kleinmütige in seiner Amtsjacke AUS PEPITASAMT setzte sich vis – a – vis drückte SIE aufs KNIE die Sonne schaut DIR auf die Kopfhaut sie ist voreilig sagte ER ich bin Versöhnungsingenieur wenn du Hunger hast wirst du unter Punkt 07 krankgeschrieben;

Vater adoptierte EINE Mütze die ich weiß nicht wie aus einem FREMDEN Dorf ZU uns gelaufen war sie SASS am Trottoir frass Sand UND GRAS war halbwüchsig ES kam ein Idiot und schlug sie tot Vater wollte sie heimlich im Regen begraben dass wir kein Theater haben da kam ein Präparator schrieb den Bericht viermal sagte hoppla … wegen der Wortwahl und SCHOR den Vater kahl – aber egal mit dem maroden Tulpenstrauß kam knapp davor Herr Theodor aus der Dorfelite ER kondolierte bis Vater auch noch die Nerven verlor

in meine Schläfen zogen kurz nacheinander zwei Zuckerhändler einer sagte das Dorfhotel ist mein und DIE Wangenplätze dein ER stellte zwischen SICH und ihn eine Vitrine hin da waren drei Kostüme in Pepita eine Kurbel und eine MOKKATASSE drin der andere installierte eine Nähmaschine und sagte Wir brauchen Zuckersäcke wir müssen den einwöchigen Schneider engagieren ich geh mal bis zur Ecke bei der Rückkehr trug ER stattdessen Nachtaugen und acht Stadttauben begann sie mit dem graugelblichen Handschuh zu dressieren doch ich wusste die werden heimlich Zucker fressen und Verluste machen und noch ANDERE Sachen

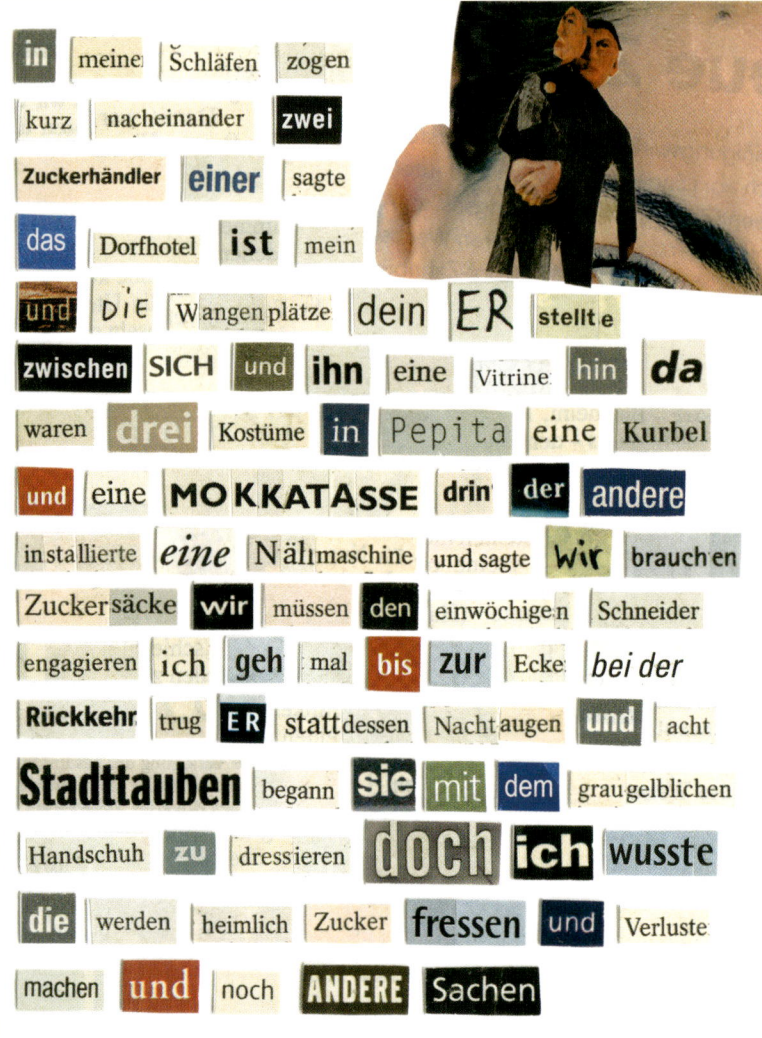

von vornherein standen die Pappeln auf dem Hölzenbein
alljährlich wenn das Licht gefährlich dünn
gesponnen war traf ein Fotograf mir im Gesicht
den Blick weiß in die Stirn gekippt die Lippen
blau gerippt das Haarnest an den Schläfen
unbewohnt ich fragte ihn ob das sich lohnt da
sagte er aus seiner Sicht beileibe nicht noch
jede Nacht roch man den Himmel zwischen
den Alleen weil man oben und er unter
einem war naß geleckt wie ein runder
Buckel Katzenhaar

ich muss nicht lügen ich schweige
gern und stehle dir AUS JEDEM
Auge einen Sonnenblumenkern
MIT Fliegenbeinen doch
einmal vergriff ich mich
ich hatte schon zu viel
gestohlen und wollte noch
zwei holen ich pfiff
debil und sie kamen HART
und giftig heiß und staubig
wie aus Dörfern
MANCHMAL windverschleppter Mohnsamen

der Schwager meines Vaters hatte vom Krieg bloß
einen Arm den anderen aus Wachstuch gefüllt
mit Sand statt der Hand war fingergroß ein
Häkchen dran das glänzte unterm Wasser
lockte die Fische an die SONNE hing am
Viadukt mit ihrem gelben letzten Zahn es
kamen die abendlichen Stare im Schwarm von
vis-à-vis da glichen sie dem Rock mit
Sand im Arm
auf der Treppe zum Kanal lief dabei bloß EIN
LACHWIND los

im Laden auf dem Platz
bedient der schmale Martin
sein Kinn wie eine Seifenschale
ich hatte eine Masche laufen und
wollte wieder Faden kaufen
vor mir war ein Ehepaar
der Herr verlangte Sperrholz
und eine leere Schachtel
da sagte seine Frau mein Herz
kauf bitte eine Nagelschere
wir haben doch gleich Mitte
März
als ich ging quietschte die Tür
der Martin sagte hinter mir die
hat extrem nach Lehm gerochen
sie läuft in Antilopenschuh mit
Absätzen wie Vogelknochen

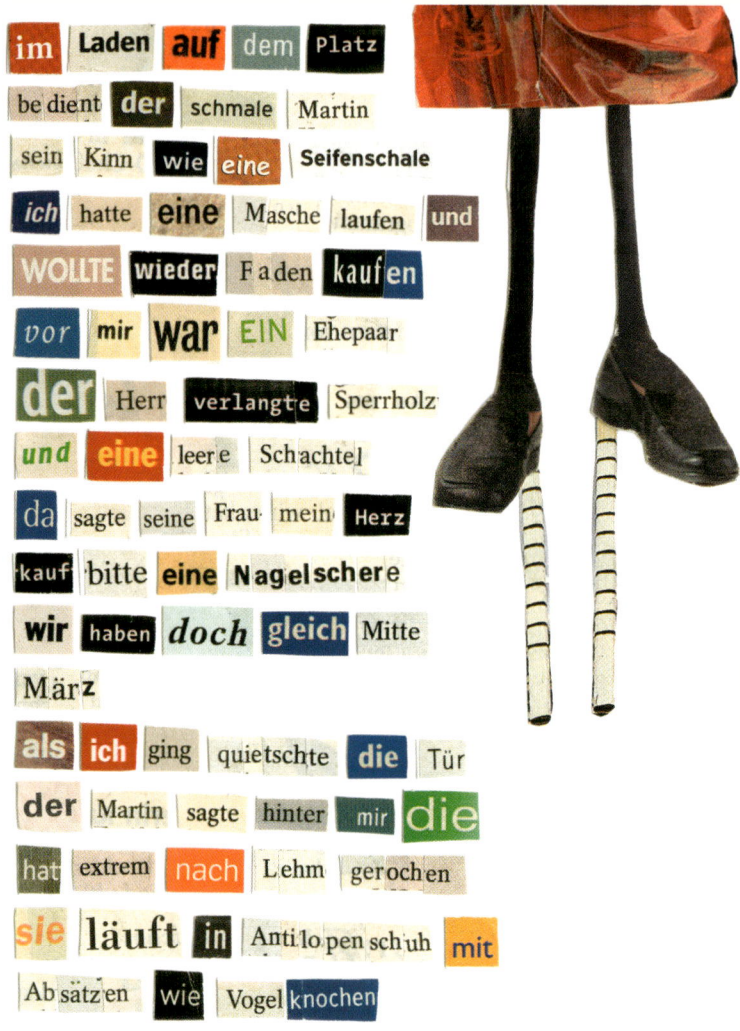

wenn in deiner Schläfe DER Gauner
LACHT erbe ich aus seinem Mund
gewöhnlich einen Zahn durchs
Hutschachtelgebirge kommt der Balkan
an auf der Rechnung steht eine Dämmerung
die mich hörig macht ICH bin ZWEI
Zirkushunde Fluchtfasan DER Rest ist
GUTE Nacht

die | großen Rehaugen im kleinen Baumwollmantel
mit | grauem Wollanzug auf die Krawatte drei
kleine | Mohnblumen gedruckt sein Kinn halbkugelig
ER führte linkshändig tanzte SO gut wie ich
sinnierte dünnhäutig redete vorsichtig nickte
versehentlich und – das tangierte mich DIE
Nacht war milchglasig ein Tauschmond
drehte sich – und DER Mann fragte mich
hast du Bohnenbeine warum nur sagte ich als
kämen schwimmend alle Gärten über mich
ich habe keine

als der König lebte glich er einem HUND und einem Kalb und als er starb klebte seine Krone halb Galle halb Melone unterm Haar alle Sommerregen lassen IHRE Schleichengel zwischen die Maisstengel jeder ein Leibwächter der mal beim König war

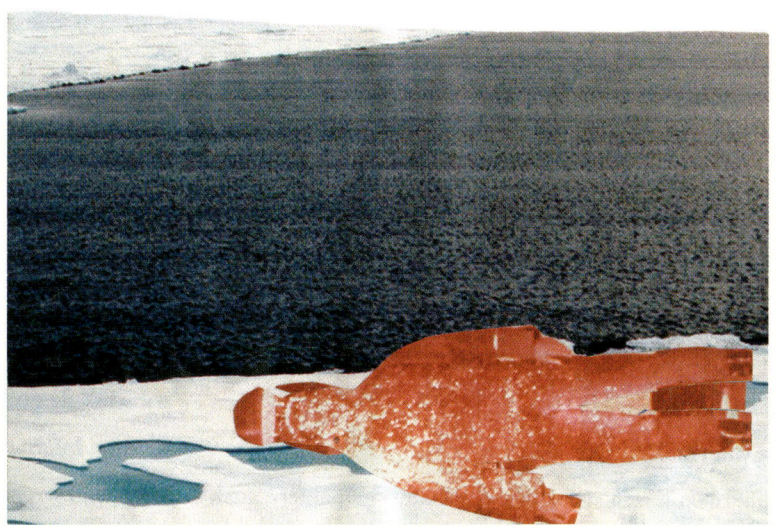

im Wutanfall hatte Vater die Jacke mit dem Messer an als Kragen lief der Nachtstreifen der Autobahn Fernfahrer war er und Scharlatan wenn er im Kopf ganz leer zu Hause war klopfte ein Abendherr an unsere Scheibe an und Mutter raschelte vom Samtdiwan zur Tür Vater lachte an der Ecke seiner Lippen mit dem Hundezahn lass ihn mal rein dann sah ich auf dem Tisch die schwarzen Fliegen an und dachte mir am Ende dieses Sommers werden sie Apfelkerne SEIN

der Löffelbieger sagt
in Weiß gekleidet LIEGT
der Schnee SO
nackt die Anwendung
der dünnen STRASSEN
das bisschen Krümmung in den Mokkatassen
das Grammophonkistchen die Herzschaufel
kannst du doch WISSEN ALLES Material wird später
mal dein RECHTECKIGES KISSEN ich aber war
nur für eine kurze Reise kostümiert ein
junger Wind ODER ein alter Hunger
hatte mir das Mützchen destabilisiert ES
kam DER KÖNIG mit dem Zuckerstreuer er
schrie und schwieg ES KAM ein neuer
KÖNIG mit dem Zittersieg

es SCHNEIT die Schuhe sind zu zweit der Platz ist tot ich beiße mit dem Aug ins weiße Brot

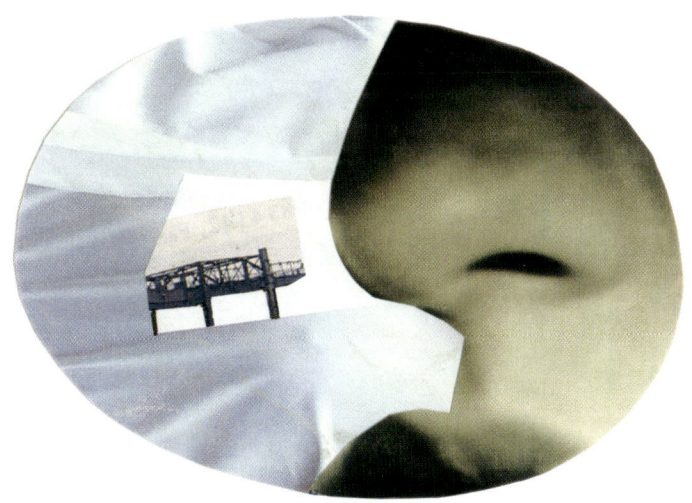

Geschwindner war wie früher ein Kumpan Hasardeur und Star der Kegelbahn wurde dann Front ver letzter später Vorgesetzter mit Samthut und Zahnstocher aus Perlmutt der schief mit sich herum lief vielen Frauen den Kopf verdrehte weil er sich schwarze Brombeeren am Schlafanzug als Knopf annähte

der PLATZ war für den Kopf zu SCHWER war jetzt GEGEN drei Uhr leer na DA kam – ein SOLITAIRE ich GAB ihm eine KAPPE da sagte er was soll ich denn mit der ich sagte als ER DARAN ROCH MENSCH nimm sie doch

der Wind schnitt und Mutter nähte sich
mit einer Fischgräte ein Knopfloch unters
Kinn und brauchte Stunden bis wegabwärts
der Tag genau wie Vater vor drei Jahr
verschwunden war
– aber die greisen Zwillinge die beide Willi heißen
saßen mit der Angel immer noch am Hafen.
es kam nur Holz und ich ging schlafen

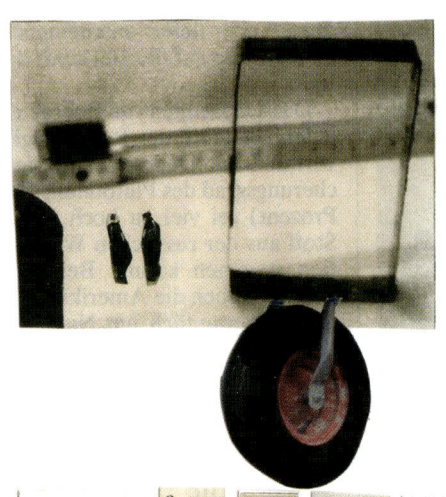

*der Mond* frißt eine große Aprikose vorm Haus auf dem Betonplatz hält etwas Graues ein Bus ein Mückenschwarm wir wissen nichts Genaues ein Pferd eine zerrissne Kranichschar in diesem Jahr oder ein Lieferwagen wen soll man fragen der Besitzer hat eine Klarinette und ein Messer um den Hals ein Blinklicht und eine Pipette in der Hand ist er ein Dieb ein Tierarzt oder Musikant wir müssen einsteigen es wird sich zeigen

mir drehte sich im Kopf mein Karussell die Sitze
festgebunden an den Haaren ich kaufte Karten
um im Kreis zu fahren aber ein Mann sagte sehr
aufgeregt daß extra für mich in seinem Augenwasser
ein Kahn anlegt sein Schnurrbart war ein Stückchen
Fell ich nickte schnell wir fuhren durch seine Stirn
zu einem Grasort dort amüsierten sich elf Herren mit
schweren Lidern SIE waren ein Kartell und Kontrahenten
an behaarten Händen hingen teure UHREN und auf
schwarzweiß karierten Tischen gingen kahle HUNDE
hin und her als Schachfiguren

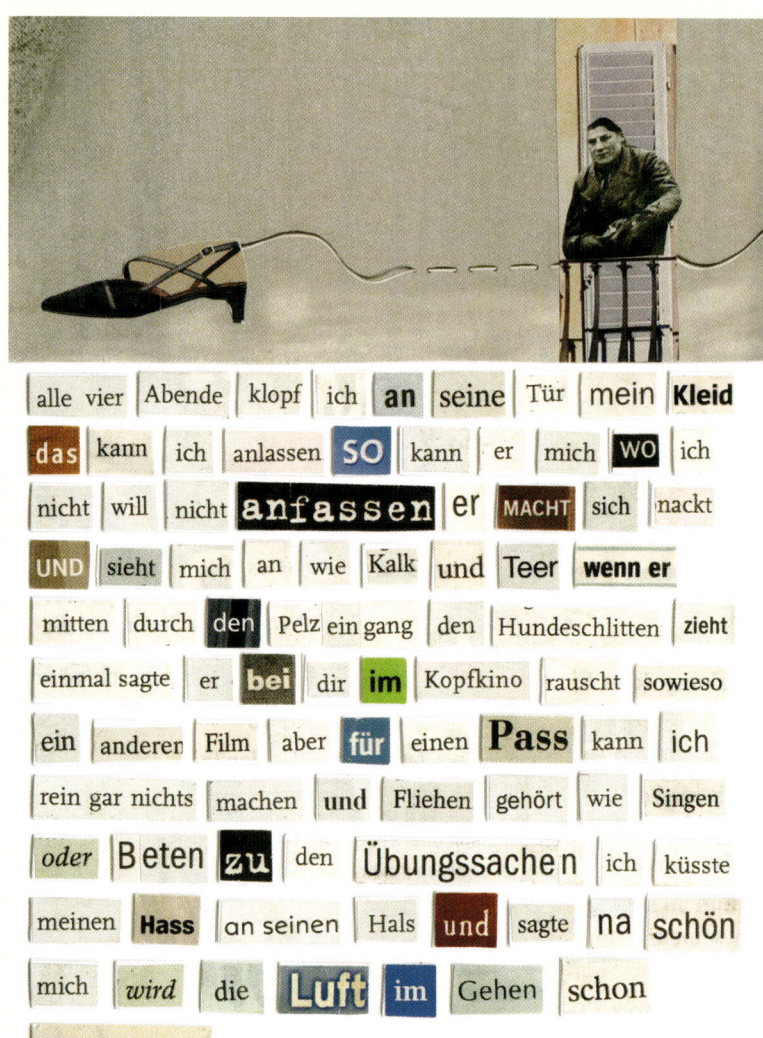

alle vier Abende klopf ich an seine Tür mein Kleid das kann ich anlassen so kann er mich wo ich nicht will nicht anfassen er macht sich nackt und sieht mich an wie Kalk und Teer wenn er mitten durch den Pelz ein gang den Hundeschlitten zieht einmal sagte er bei dir im Kopfkino rauscht sowieso ein anderer Film aber für einen Pass kann ich rein gar nichts machen und Fliehen gehört wie Singen oder Beten zu den Übungssachen ich küsste meinen Hass an seinen Hals und sagte na schön mich wird die Luft im Gehen schon zusammennähen

die Zwillinge Matache
sind nicht zu unterscheiden
mit sechs und vierzig Jahren
ließ einer sich von beiden
den starren Gold zahn machen
der hilft nur wenn sie lachen

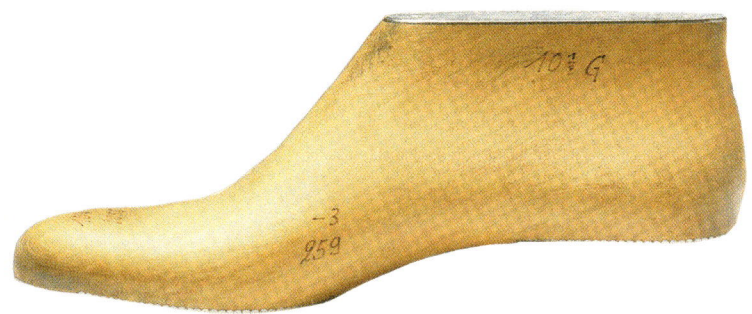

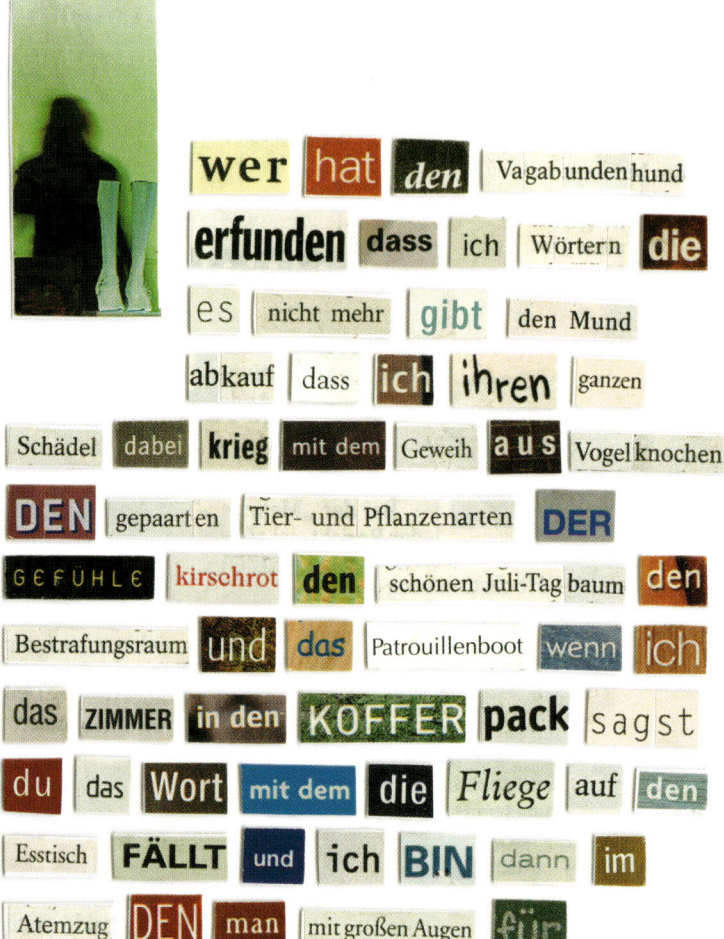

wer hat den Vagabundenhund erfunden dass ich Wörtern die es nicht mehr gibt den Mund abkauf dass ich ihren ganzen Schädel dabei krieg mit dem Geweih aus Vogelknochen DEN gepaarten Tier- und Pflanzenarten DER GEFÜHLE kirschrot den schönen Juli-Tag baum den Bestrafungsraum und das Patrouillenboot wenn ich das ZIMMER in den KOFFER pack sagst du das Wort mit dem die Fliege auf den Esstisch FÄLLT und ich BIN dann im Atemzug DEN man mit großen Augen für ein kleines bisschen Bahnhof hält

UND wenn wir Abschied nehmen wirds
ein Pfirsich kugelt Pelzlippen und verdoppelt
mich und schon denke ich glatt ans
Fremdgehen beide Rippenreihen wie ein
Fahrrad einem andern leihen auf DER
Transitstrecke an den Hautgeländern längs der
Bettdecke pochen uns vier Schläfen
durcheinander werden aus Versehen mehr als
nur die Kanten von diesem Kuvert
mit Salamanderzehen

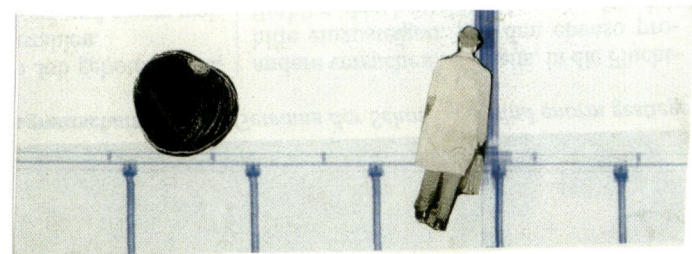

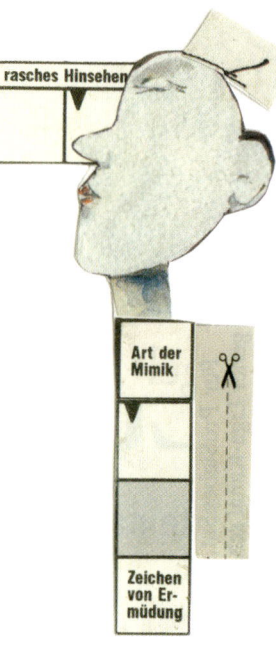

im Morgen grauen kam ein Mann trug Zollstock und Notizblock und stahl mir beide Augenbrauen und sagte dann als Schleichweg seien sie zu kahl ich solle Gras drauf werfen ich schnitt paar grüne Halme von den irren Nerven der Mann begann Klee anzubauen weißen und dunkelblauen DEN Klee durchkreuzen Hunde mit arg verschwommenen Haaren und die streuen den Verdacht ich könnte schon die nächste Nacht mit dem leisen Wassertaxi von einem Aug ins andere fahren

DAS Dorf ist klein
da kommt ein Mann mit
seinem Fahrrad an
AUF dem Sitz das
eingeschlafne Kind das Hinterrad passt fast nicht mehr
hinein ich frag wohnt hier noch wer rechts DER
Vorläufer sagt er und links der Eisverkäufer darauf
frag ICH WAS machen SIE beruflich er sagt ich
schleife MESSER und der Kleine raucht schon
Pfeife ICH frag können Sie die Füße mal zur
Seite drehen ich möcht vorbei gehen
da springt ein HUND
mit dem Rasierpinsel am Hals er liefert wieder
mal die Haare an die Stadtklientel hinterher IST
er SO kahl wie ein Laternenpfahl er hinkt
bellt mehrstimmig und löscht den Fluchtinstinkt HAT
dann nur Luft und bisschen Zwerchfell an
erklärt der MANN

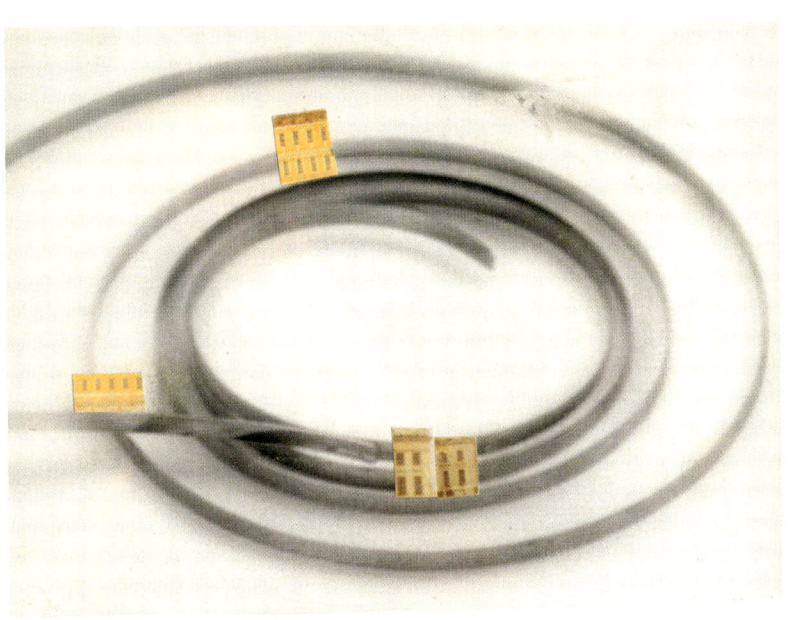

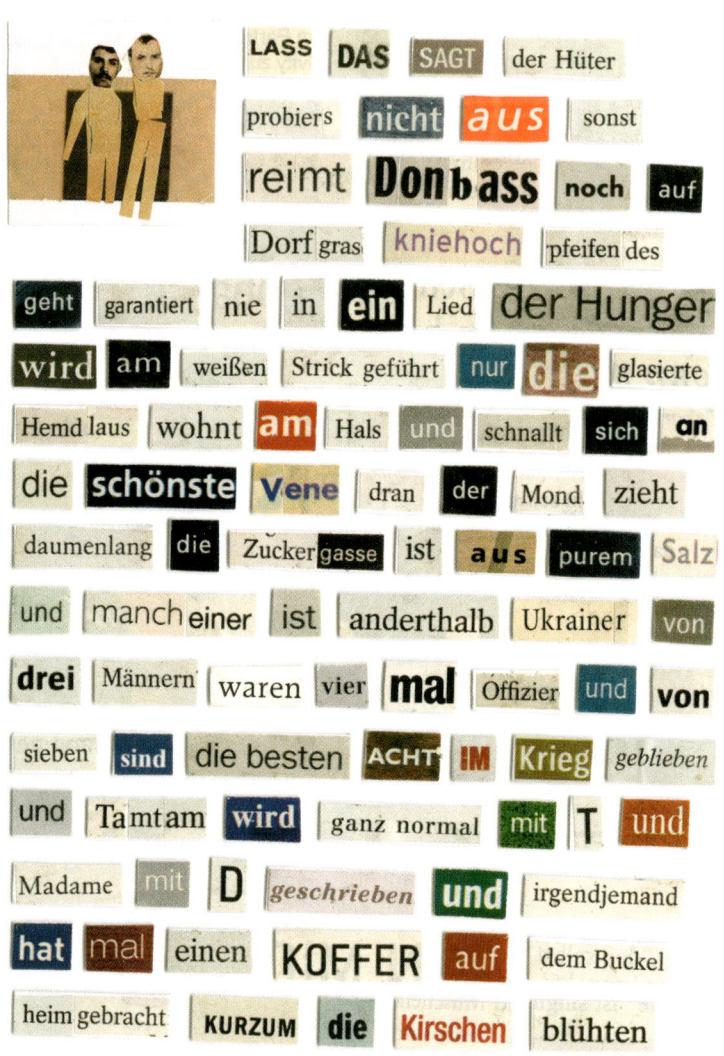

ich kenn die Bauteile DER Windhunddame sie
IST in EILE jetzt läuft die Landschaft FORT
siehst JA wie sie mich verliert ICH
war nie dort sonst HÄTT ich dich blamiert
später kommt der Weiße-Kragen-Täter weiß ICH
OB wir grüßen müssen ER IST
unnachahmlich menschenleer ABER dafür ist
die Buchhaltung VERANTWORTLICH sagst du
NICHT er

den Hund erschlagen DAS PFERD erschossen
das Haus geschlossen die Sonne kugelt sich
wie der geschälte Pfirsich die Richtungen im
Himmel wandern eine leckt der andern die
AUGEN aus dem FELL meine hab ich beide
in DIE HUTSEIDE getan dass sich
die Stirn eventuell als Sieb als Sargbrett
oder Koffer tragen kann im Kopf bin ich
SEITDEM verquer ein Wägelchen fährt
Hügellehm das andere rollt leer

meine Mama die hieß Franziska als sie starb
weinte mein Papa vier Tage und drei Nächte und
meinte hinterher er möchte nie mehr ins Büro er
ging beim Sonnenuntergang langsam über
den Boulevard Mamas Pelzmantel im Arm gab
er einem andern Mann kam mit einem Radio
heim und so fing der Handel an er tauschte dann
das Radio für weiße Knochen flöten die Flöten für
Keramik für vier Waggons Ventile und die für
ein Stück Flußtal für Weingüter mal eine Fracht
Klaviere und manche Nacht PORTALE kaum noch
leichte Ware den Mond kenn ich NUR
milch hungrig niedrig blass und warm Papa trug ihn
als Nacht kretin WIE eine Katze auf dem Arm

der Schlafwagenschaffner liegt sehr jung überm Umschlagbahnhof in den Wolken rum und biegt wie ein Henkel das eine Knie so kann der grüne Sommer die geweißten Häuser anfassen sie austrinken wie Zahnschmelztassen uns IN ALLE RICHTUNGEN FREI torkeln lassen

DER Wind ist schwarz seit
ich ihn in die Tasche
steck wenns schneit IM
Hirn leg ich ihn
wieder aus

aus beiden Augen
nahm ein Mann Gepäck
heraus Glasmöbel waren
es sehr klein aber
zum Fahren waren
an allen RÄDCHEN dran
er fragte hast du eine Seidenschnur mit der
man ziehen kann ich sah ihn an als ob
ich eine hätte und sagte Nein ich hielt
ihm einen Fingernagel hin er polierte ihn
mit seiner Hemdmanschette

Klaus walgt seinen
Teighut AUS groß
wie ein Taschentuch
dann geht er zu Besuch
ums Haus des Bruders
schleicht vielleicht
am Himmel seine tote
Frau sät Katzenmilch
und Mais aus Staub.
der Windschuh wechselt
grün das Laub
da knetet Klaus
den Hut nußklein
und steckt ihn
wieder ein

kahl weiße Sonne leckt am Kiosk
im Kopf steckt eine Angst wie
eine Fliederquaste falls die sich
aus neutraler Sicht nicht hält mir hier
auf die geteerte Straße fällt werde
ich so wie sie besagt
die Dominotheorie

ich hatte als ich wegfuhr DEN
Zuckerlöffel in der einen Wange UND
IN der anderen die Zuckerzange so
LEER wie ein Sommer im Büro nahm mich
als ich ankam der KOFFER IN
die HAND und als man mir von oben in den
Mund geschoben den fingernagelkleinen Zollbeamten
fand schrie ER Hut ab Sophie
Hut trug ich keinen ACH WISSEN SIE
genauso hieß ich nie

als der Regen nach ließ wies mir ein dünner Mann mit Bauch die Tür trug einen Rechenapparat sehr filigran gerade mal ein Zehennagel und der Hauch von einem Zahnrad waren dran es klickte und er schickte mich an eine Pfütze ich sah drei kahle Merkmale beinah Kieselsteine und er schrie zieh sie an die zwei sind deine samt einem der SIE trennt so lang der Sommer brennt ich sagte nein ich steck sie ein und er war sofort einverstanden gab mir ein Stückchen Feinpapier als Protokoll dort war ein Fenstersprung vorhanden wo man unterschreiben soll

Abends schiebt
jede Aprikose
der anderen
ein Steinchen
in den Bauch wir
auch zwei Drittel
aller Katzen
fühlen sich im
fünften Lebensjahr

laufen luftig in die Fremde – im Handtäschchen
gerade noch das Haar und vom Bahndamm
wagt sich via Stadion der Mond
WIE EIN Ballon ins Haus 11 Fingernägel
an einer Schnur hat er dabei schau
an ich hab ein Faible für die Nummer 3

DAS Limit prahlt
als Vorteil im Zusammenhalt
zwei Drittel HUND in Anthrazit
ZUM STREICHELN SCHÖN
mir wird so kalt
sein AUG rinnt aus
du bist nicht da komm lass uns gehn
die Laus TRINKT BLUT in LILA
mă cam DOARE bila

der Vater der wie prophezeit nicht wieder kam die Mutter trug den Sommer aus im amsel schwarzen Kleid die Tochter nahm ein Bräutigam erschlug sie kriegte lebenslang bis ihm das Messer vom Kumpan im Halbstreit durch die Lunge kam der hat sich damit hinterher zahm seinen Kopf rasiert nur wippt er seither viel zu schnell und singt zu laut wenn heute Nacht die Pfütze friert dann wächst ihr eine Haut

nirgends EIN APRIKOSENAST
die Nacht füttert den Hund
aus Teer fast so als obs MEIN
Fehler wär

in Handarbeit fängt einer von uns die grünen Fliegen für die schwarzen hat der andere in seiner Schublade ein Handtuch liegen einer schaut nur noch auf die UHR er reibt sich alle halbe Stunde die Kopfhaut ein mit einer Blautinktur einer klopft *Haselnüsse* auf mit dem Lineal die übrigen und ich wir sind normal wir spielen Karten und wer verliert spuckt durch das Fenster in den *Garten* der Pförtner klagt am Telefon über den Umgangston seine Stimme knistert entweder ißt er wieder Cellophan ODER stößt der Wind an seine Mütze dran

MENSCH LILI DIESER TAG IST SCHÖN die Häuser stehen IN der Sonne und knöpfen sich die Hemden auf die Pappeln stopfen ihr GERIPP mit Blättern voll wie spitzes HERZKLOPFEN die Treppen ziehen sich wie beim Begräbnis UNSRER Stenografin DAS Akkordeon ICH hab genug DAVON

Mutter sagt ich
soll mich ja nicht
unterstehen und
die Uhr aufziehen
heut Nacht
wächst mir
ein WEISSER
Turm im ZAHN
und morgen früh fängt sie wie Wasser
von allein zu gehen an ich werde sehen
die hat sich kurzerhand fürs Zifferblatt ein
Hautquadrat vom Augenrand des linksseitig
gelähmten NACHBARN ausgeliehen

einmal regnete es Milch AUFS Haus in 3 Schichten kamen alle Katzen trinken DIE auf DEM Arm getragenen mageren DIE spitznasigen klugen die DEN Himmel als Privatbesitz im Schädel trugen DIE erschlagenen DIE begrabenen ABER heimisch geworden mit den Jahren – und mit GRANATROTEN Pfoten überfahren waren die bulgarischen die schönsten unter ihnen in den DACHRINNEN

an gekippten Mittagen fahren hier AUF dem
**Boule**vard lauter leere Kinderwagen Zöglinge sind
ausgestiegen. um. die Straßenbahn zu kriegen
**Männer** mit den steilen **Kehlen** flachen
Sätzen klammen Hosen Schwarzmarktuhren
Frauen mit obskuren Broschen hungermäulig
auf den Blusen Windfrisuren um die lang gebogenen
Hälse Kose– oder Würgespuren *und*
am Straßenrand Herr Gruffat plaudert akkurat
gekleidet und ißt Kirschen aus der Hand und ich
grüsse und er zaudert weil er will daß man
vergißt daß er laut **Begrä**bnis damals im April
gestorben ist

über den Asphaltplatz liefen drei Truthähne schräg auf mich zu dem ersten wuchs als Schnabel ein Schlittschuh dem zweiten schnarrte der Perlenhals wie eine Blechmaschine der dritte trug in der Bauchmitte eine Glasvitrine darin eine Ratte Schnürsenkel und Mantelknöpfe die er gefressen hatte er hieß wirklich wie ich denn es kamen zwei Damen und eine rief das Mistvieh mit Frauennamen Agatha Renata Amelie ich wollte weglaufen da schrie die andre hinlegen und nicht bewegen wenn sie den Hunger wecken gibt es Blutflecken es ging ins Frühjahr als ich aus der Haft entlassen war

WAS soll ich TUN
ich geh hinein
und grüße guten Tag
die Frauen antworten mir UTSCH
und die Männer SCOAC

hier steht DAS Straßenende ohnehin so dünn wie Butterbrotpapier und diese weißen GESCHÄFTSREISEN DER Pendler morgens hin und abends her in den AKAZIEN kreuz und quer verknüpft einer schlurft der nächste hüpft

was heißt ähnlich frag ich apathisch DER UHRMACHER gähnt und erwähnt das geputzte Gemüse später am Tisch und ich sage AHA ICH seh es sehr vage und dreifach ICH geh jetzt und setz MICH schön einfach aufs Blechdach

wo fährt das Auto mit dem Silberbuckel hin der Fahrer hat ein Kinn aus Porzellan einmal sagte er die Mücken hätten Morgens schwarze Klarinetten und Abends ein bleiches Durstlied das sei der Unterschied einmal kam er frisch geschoren seine Ohren voll mit Schnipselhaar einmal sagte er der Straßenname sei von einer toten Dame einmal rasselte die Angst wie sie nicht soll wie die Streichholzschachtel in der Manteltasche einmal ging ich unterwegs verloren einmal kam ich an wo ich nicht war

Bei 40 Grad sind 3 Sommer gleichzeitig an einem TAG und die laufen alle 3 grünhalsig durch diese EINE Sackgasse zum Kiosk der Verkäufer jagt seinen Hund heraus trägt seinen Stuhl heraus legt seinen ARM darauf und auf seine Hand DAS KINN ich sage Herr Valentin Sie müssen mal ans Meer fahren DIE kleinen Augen blinzeln wie der Rücksturz von gemahlenem GLAS ER sagt ach was

hinter der Sackgasse steht
der Himmel durchsichtig wie
der Glaskasten einer Kinokasse
aber das ist nicht wichtig
wichtiger ist spät abends
DER Buchhalter der auf dem Parkplatz
hin und her spaziert er buchstabiert
mechanisch den einen Satz den sowieso
kein Mensch versteht außer IN DER
Mitte
Herr Inspektor bitte kommen
Sie vis-à-vis ins FETTBÜRO mir hängt
am Ohr ein Bürstenetikett das
ist aus Südtirol

SOBALD ich die Melone aufschneide wird innen
drin ein großäugig zwergenhaft er Mann aus
dem Schlaf ge jagt er sagt: hast JA gesehen
Madame wie die schönen schwarzen Kerne
flöten GEHEN weißt DOCH dass man mit dem
Messer töten kann wieso ziehst du mir DEN
kalten Scheitel AN einer wie er
DER hat es gut und schläft sich
weg in ROT wenn ICH mich in
das Herz des Hauses LEG sind die Straßen
emailliert mit weißem Brot

DER Kirschbaum fing zu blühen an weißer als
ein Widerschein vom Katzenzahn es hing EIN
Abteil drin nur weil ES fuhr ging ich hinein
später kam ein Mann verkaufte schiefe Cordhütchen
und Abschiedsbriefe und übte stundenlang ein Vogellied
das klang so müd wie Blech im Wind ich zog
mein Kleid weit ÜBERS Knie und sagte Sie sind
glasgesichtig total kirschensüchtig da sagte er
schau mal den Fahrplan an ich stell das
üben ein aber beiß du die Zeit zurück
sonst wird der Sommer klein

im Fernsehen kommt Eiskunstlauf es klopft die Tür
macht Vater auf er sagt nur knapp sie holen
mich der Fremde sagt beeile dich
im Frühjahr kriecht die Kreuzotter ins starrköpfige
Licht im Sommer liegt der dreibeinige Hund wie
eine Pelzmütze im Staub im Herbst riecht torkeliges
Laub im Winter kommt ein dummer Tag es klopft
und ist ein Briefumschlag und Mutter macht
ihn auf im Fernsehen kommt Eiskunstlauf

red nicht so gelackt hab ich gesagt mir gleißen diese weißen Steinchen durch die Stirn – die mal wie Spätsommer AM Bahnsteig waren dir aber FAHREN blind hast du gesagt die ZÜGE durch den Bauch da habe ich gesagt was soll ich tun MIR auch ich weiß nur nicht wie schnell SIE sind darauf hast du gesagt zwei Pappeln haben grad geheiratet DREI geigen durch den Wind und einer wächst ein Kind

im vergangenen Jahr verlieh die Schuhfabrik Herrn Charalamb *die* Auszeichnung das Motiv war nicht bekannt entweder hat ers überhört oder es wurde nicht genannt von nah glich sie dem Pappelblatt von fern dem Aprikosenkern ER trug sie mit *Begeisterung* auf dem Korso durch die Stadt im Büro ja sowieso zum Schluss sogar im Bett es kam ihm eines morgens vor als hätt sie einen Fleck und er polierte sie komplett mit 20 GRAMM durchwachsnem Speck der Bus war LEER und der Chauffeur hatte tote Zeit im Blick Herr Charalamb heiße Watte um den Hals ihm schlich der Kehlkopf ins Genick als das Fenster offen war warf er sie aufs TROTTOIR die Dünnholzpappel wiegte sich und wiegte sich im Januar

der schwanweiße Hahn fraß seinen eigenen Kamm dann
aber im Strandhaus den Kamm des Bademeisters
und alle Kämme aus den Haaren der Frauen
die im Wasser waren dann fraß er auf dem
Tanzpodest im Restaurant am Stadtrand die Kämme von
vier Paaren sowie die einer Tischgesellschaft die da
saß zum Palavern in nachtwindiger Landschaft und ich
dachte als ich aß wenn ich den Hahn mal schlachte
kann ich zum Flohmarkt gehen den feindurchbohrten
Hals verkaufen als Instrument zum KRÄHEN

über mir der Herr Grabosch hat seit Jahren einen Frosch kommt sein Bruder zu Besuch frisst er ihm das Einstecktuch fährt Grabosch nach Bielefeld wird er in den Schrank gestellt dick die Zunge blau wie Flieder und kirschrote Augenlider in der atemengen Stille riecht ER passiv nach Vanille wenn er durchs Hinterzimmer rennt hört man seinen Bergakzent

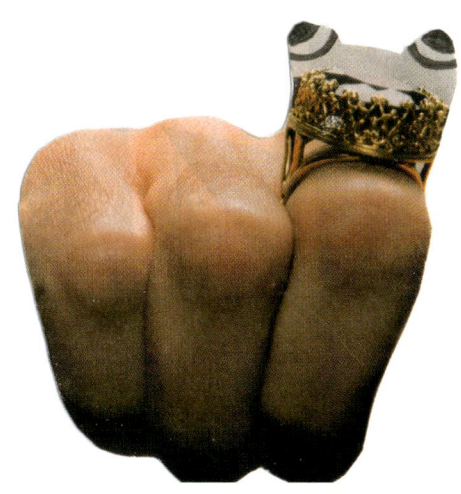

wenn MIR die ZUNGE schwer
IST sag ich für mich ständig
den einen Satz
zum Ärger Moskaus bedient am
KIOSK FÜR DIE Totenscheine an
einem lebensbedrohlichen Hubschrauberlandeplatz der
kleine abgehalfterte Journalist verheiratet mit einer
Ballerina die in Gedanken hie und da nah
bei ihm ist
wenn DER Satz reicht wird
MIR die Zunge leicht

am Pappelkarussell sah ich den Mann mit zwei blanken Augen an wir heirateten wirklich schnell so wie man ins WASSER springt fürs nächste hat er mich gelinkt mit seinen kranken Fluchtgedanken wenn die Nacht zwei Pferde wäre würde sie die Grenze fressen würden wir hinüber gehen bloß die Nacht war Lehm und Watte und die Eidechse blieb stehen IN DER Tasche meines Kleids das ich gar nicht anhatte außer in der Zeitlupe dünnhäutig und doppeldeutig drittklassig und durchsichtig nannte ich sie Zehenpuppe

Nehmen wir an wir sitzen schweigend auf einer Bank.
Du kannst doch nicht ständig Vokale kaufen
Gut, dann kauf eben noch einen Vokal.
Wie viele Anzüge hast du im Schrank
Mit einem solltest du dich ganz schnell aus dem Staub machen. Pok, pok
Da hab ich mir gedacht, wir spielen es nochmal Hose und Rock
im kleinen Saal ist ohnehin SILVESTERBALL
Ich denk IN jedem Fall mental
und körperlich noch AN dein Handgelenk
Und in der Zwischenzeit im SCHRANK natürlich wirklich
wohnt dreimal der Mond und sticht
Wer hat das denn gesagt Ach, was egal Ich nicht.

die Straßen sind keine Hotelzimmer nur FREMD möbliert die Akazien werfen mit dem weißen Zucker stück und ICH beeil MICH oben AN der Farbfabrik weil DER NEUE Buchhalter immer ohne Hemd WIE EIN lebender Garderobenständer aus dem Fenster schaut und sagt klapper nicht SO LAUT Herr und Frau Asphalt sind leider Insider

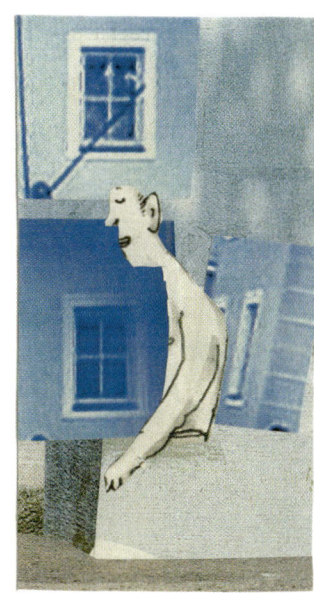

beim Wegfahren waren die Koffer ein Gebäude überm Dorf ruhte sich der verglaste Himmel aus der vergraste Tag war auf dem Sprung der kahle Abend lief überall herum zwei kleine Autodiebe dressierten eine Hündin für den Überfall zwei alte Damen hopsten auf dem Trampolin der weißen Straße zwei Krüppel ohne Beine spielten Fußball mit der Nase der eine sagte du schleppst so viel der Bruno Chal zum Beispiel starb einfach nach zwei Tagen im Exil

da kam der dünne Polizist riskant gelaunt
drehte ein Steinchen in der HAND erst mussten
wir im Gleichschritt gehen dann musste Vater mit
zwei drei der Klee wächst mir am Kinn
vorbei mein abgetragenes Gürtelkleid manchmal
kommt die Gelegenheit ich schicke Vater ein
Paket das Amt weiß auch nicht wo er
ist und wo die Post hin geht

mir kriecht die Schläfe durch die Ohren die
Buckelnacht lehnt an der Tür ich geh
durch die gefrorene Milch mit IHR der
Viadukt steht blau in blau und auf
vier Füßen wie ein Kalb trinkt er wenn
mal ein Taxi fährt das weißgeschminkte Licht
ich habe nicht das Zeug zum Passagier
erklärt der Schwarzbemützte im AUG ein bisschen
was von PFÜTZENGLAS ein falsches
Stück vom Koffer trägt mich hin und
her spiel HIER nicht Aufholjagd sagt er
die Luft für dich wird grad von Hunden angenagt

| DER | Schlaf | warf | mit | der | schwarzen | Schnur |
| dran | **lief** | das | Nacht hals huhn | **mit dem** | Gesicht |
| **des** | Briefträgers | **und** | Mutters | Hochzeit sbild frisur |
| als | **ich** | vom | Sackbahnhof | vier | Uhr |
| durchs | **Mais** feld | **immer** | nur | durchs | SELBE |
| haushoch | gelbe | Mais **feld** | **zum** | Vater | ins |
| **Gefängnis** | fuhr

Warst du schon mal so nervös, dass du nicht mehr wusstest, was du sagst?

DU sagst CLAR

UND ICH versteh

es ist mit C

ICH SAGE he

geh FRiss es doch

dein Zünglein an der Waage

verkauf mir nicht

den wunden Punkt

mit Löffel drüber, Zucker drauf,

mir tickt die WOLKE
durch den Kopf und die Stadt
sitzt krötenstill morgens vor
meinem Mantelknopf

der Uhrmacher Andrei hat sein Akkordeon
und den Rasenmäher umgebaut zum Fernseher
und bittet uns aufs KANAPEE
es kommt ein Film
vom glasgesiebten Regen
im flachgewälzten Klee
der Film ist alt
bald wird es kalt
dann kommt ein Film
vom Koffer aus Pappmaché
im hochgescheuchten Schnee

mein Torhüter AM Gaumen ließ wieder mal den BALL laufen ER sagte dort IST DER MUNDHIMMEL es war ein Sandhaufen ich sagte ES reicht der Schnee import ER gleicht SO sehr dem Haar DER Pfirsiche und kalter Teer der Maulbeere im Mund vom Buchhalter und beides weißt du ist Privatsphäre

eine graukarierte Hündin
tappt abends an der Leine in den Mond
frißt eine Schnitte
Fleisch aus seiner Mitte
und wird träg und satt
und verirrt sich 147 Kilometer
und liegt morgens
auf dem feinen Sandweg
in der kleinen Straße
einer anderen Stadt

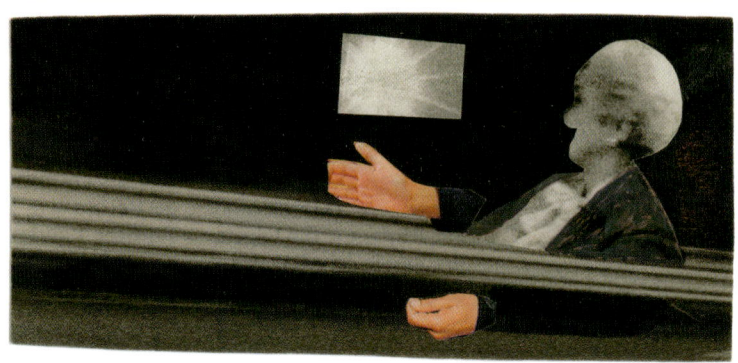

erst habe ich gedacht man SIEHT drei Reihen Augen weiß DER Nachtamsel die mit dem Schnabellied normale Menschen in die IRRE zieht aber ES waren nur die Lichter am Abfahrgleis der Grenzstation der Zug geigte schon durchs Holzapfelgerippe ich sah kalt hin drin torkelte die Unterlippe des kleinen Buchhalters den Mond - und das Gewehr am Kinn und er mit sich nicht gleichaltrig die FINGER WAREN jünger am Mittelpunkt des Tages ging Heinrich aus der Firma ein Vogel, sang den Wind entlang über dem Kanal ein Himmel mutter mal es schaukelte die Spanne. Draht wie eine Hosennaht Heinrich ging auf Steinen tat sich in ROCK und Hose die größten von den kleinen so hagel glitzernd schwer als ob er nie gewesen wär sein einziges Motiv das Wasser hoch zum Überlaufen zum Untergehen tief der Vogel hat ein Nest im Klammergriff der Esche und im Gesicht ein Singgerät und nonnenschwarze Wäsche

der Hündin von der Nachbarin der wuchs ein Frauenohr SCHON DEN halben Tag davor lag sie steif am Schiebetor im weißgerippten Frost DA kam mit EINEM Briefumschlag der Mann von nebenan riss ihr ein Büschel Haare aus und ging damit zur Post

Wenn drei Straßen staubig auf dem
Rücken schlafen, ist der MOND
gemein und magisch wie ein
Teigtisch rundherum die blassen
Herren mit den Mokkatassen AM
Hut hat jeder eine Zündschnur ein
Edelweiß und eine Vogelfeder EINER sagt: wir reden
hier nicht nur fundiert über die Fuchsjagd am besten
funktioniert unser Orchester von acht Mann stundenlang
pfeifen wir Lieder wie „Rätätä, rätätä, morgen hamma
Schädelweh" oder „Wenn wir uns gegenübersäßen
würden wir uns nicht vergessen.." WER den Respekt
verliert ALSO vier Fehler macht pro Nacht wird
in die Heimat überführt
Ja, ja, bei so EINER wie dir
spricht einiges dafür

*Pfirsich, Frucht*

**Pfirsiche**
**(Prunus persica)**
Die Heimat des Pfirsichs liegt in China;

**Frucht:** Mittelgroß, gelb mit intensiv roter Sonnenseite. Weißes, saftiges, feinsäuerliches Fleisch, vollreif gut steinlösend.

Beispiele dafür

**der** Kopf einer Stecknadel

*das* Mäusetrapsen

die Feinmechanik schöner Wolle

die Knochenflöte

die Zwischenlandung  Heimlichtuerei

   Quadratkilometern
der kleinste
der drei

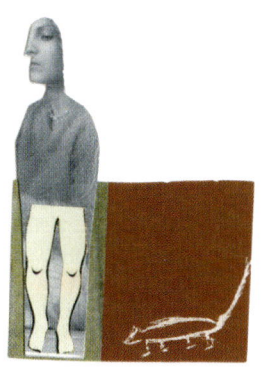

 NICHTS gerät

 Alphabet der ANGST

 hundeköpfig plump

 gleichzeitig EIDECHSIG  zart

  Gegenwart

6 7 8 9   20 19 18 17

ISBN 978-3-446-20677-9
© Carl Hanser Verlag München 2005
Umschlag: Stefanie Schelleis, München
unter Verwendung einer Collage von Herta Müller
Reproduktion und Bildbearbeitung:
Themenwelten / DrNice, Berlin
Druck und Bindung: Passavia, Passau
Printed in Germany